鬥嘴一班學習系列

鬥嘴一班
學成語

卓瑩、宋詒瑞 著

新雅文化事業有限公司
www.sunya.com.hk

目錄

序一

卓瑩

　　《鬥嘴一班》系列不知不覺推出了三年，回想當初之所以創作此書，就是想為孩子寫一個有趣的故事，希望能令他們更愛閱讀。沒想到故事竟幸運地得到小讀者的喜愛，這鼓舞了我要為孩子再多做點什麼的念頭。

　　孩子在學習語文時，無論喜歡與否都得跟一大堆成語打交道，但成語的典故源於古代，現代的孩子較難投入其中。故此我把《鬥嘴一班》中那羣活潑可愛的小主角加進幽默惹笑的漫畫中，期望能讓孩子笑着學成語，可以學得更投入。

　　由於是次創作必須集教學與趣味於一身，再加上要以漫畫的形式呈現，對於只懂寫小說的我來說，無疑是個極具挑戰的新嘗試。為了確保自己對漫畫有足夠的認知，在動筆前，我還特意找來數本漫畫惡補一下呢！

　　不過，此書最值得推薦的地方，莫過於能邀得宋詒瑞老師撰寫語文部分的內容。宋老師既是資深的兒童文學作家，亦同時從事語言文學及教育工作，語文造詣極高，能得宋老師鼎力襄助，此書的可讀性自是無庸置疑。

　　同學們，假如你喜歡《鬥嘴一班》幽默惹笑的故事，那麼這本充滿趣味的《鬥嘴一班學成語》便更不容錯過啊！

宋詒瑞

　　成語，是漢語的一種很特別又有趣的語言現象。每個成語是一個詞組或短句（一般是四個字，個別的有五個字或更多），結構簡單整齊，但含義豐富、精煉生動——「井底之蛙」比喻那些見識狹小的人；「雪中送炭」則讚美那些在危急時伸出援手的人。在下雪天送木炭生火取暖，多麼貼切，多麼形象！成語，是漢語的一個值得我們自豪的特色啊！（你見過外語中有這種詞語形式嗎？沒有呀！）

　　成語，一般都是有典故的，從發生在古代的一個個有趣的故事中概括出來，是我們祖先的智慧結晶。但是這些詞語太妙了太精彩了太生活化了，所以歷代人們在日常對話中、在寫文章時都運用它們來精闢地表達自己的意思。你媽媽是否常常責備你的房間「亂七八糟」？你就嫌她「喋喋不休」、「不勝其煩」？整理好房間後，是否覺得「面目一新」，使媽媽「笑逐顏開」？瞧，成語的使用就是這樣深入我們的生活。

　　現在《鬥嘴一班》的同學也來學習成語了！我們精選了四十個生活中常用的成語，解釋了它們的出處（都是很有趣的故事呀），請《鬥嘴一班》作者卓瑩用漫畫故事的形式介紹給大家，希望你們多學些成語來豐富自己的詞彙。

人物介紹

文樂心（小辮子）

開朗熱情，好奇心強，但有點粗心大意，經常烏龍百出。

高立民

班裏的高材生，為人熱心、孝順，身高是他的致命傷。

胡 直

籃球隊隊員，運動健將，只是學習成績總是不太好。

江小柔

文靜溫柔，善解人意，非常擅長繪畫。

黃子祺

為人多嘴，愛搞怪，是讓人又愛又恨的搗蛋鬼。

周志明

調皮又貪玩，和黃子祺是班中的「最佳拍檔」。

吳慧珠（珠珠）

個性豁達單純，是班裏的開心果，吃是她最愛的事。

謝海詩（海獅）

聰明伶俐，愛表現自己，是個好勝心強的小女皇。

羅校長

藍天小學的校長。

徐老師

班主任，中文老師。

麥老師（憤怒鳥老師）

藍天小學課外活動組導師。

第一章
珍貴友情

同舟共濟

野外訓練營

1
同學們，四人一組，每組須從這兒翻到位於山頭另一邊的終點。

加油！我們一定要勝出！

2
嗚呀！

3
我走不動了，你們先走吧，別管我了！

不行，既然我們是組員，便一定要同舟共濟。

對，我們來幫你！

你們這樣一定會輸的。

輸就輸吧，我們是一個團隊，一定要共同進退。

4

5
雖然你們是最後一名，

但這個獎是你們的！

還有這份特別禮物！

最有團隊精神獎

6
我們果然是「同舟共濟」啊！

大家乘坐同一條船過河。比喻在困難中要團結互助，共同渡過難關。

典故 出自《孫子‧九地》。春秋時期，越國曾經聯合許多諸侯組成八國大軍進攻吳國；二十三年後吳國攻打越國，越國戰敗，越王勾踐臥薪嘗膽艱苦奮鬥十年，等兵強馬壯後一舉滅了吳國。因此，吳、越兩國人一向互相仇視。但是有一次碰巧有幾個吳國人和越國人同坐一條船渡河，半途遇到大風，情況危急，大家好像左右手那樣合作，結果死裏逃生，兩國的人都得救了。

【近義成語】風雨同舟、守望相助
【反義成語】各行其是、離心離德

例句 這家公司資金周轉出了問題，本來就要倒閉了，多虧全體員工同舟共濟，齊心協力克服困難，振興了公司。

一見如故

1
快，轉右邊！向前衝！小心後面呀！

2
唷！我們贏了！

我最擅長賽遙控車的呢，有我當你的軍師，怎麼可能會輸？

那你快教教我吧！

3
致勝的關鍵，是在於進入彎路時，能以最佳的角度切入，縮減賽程，像我這樣！

讓我試試看！

4
耶！果然比之前快多了！

當然啦！

5
雖然我們素不相識，卻真是一見如故啊！

既然我們這麼投契，不如你把遙控車借給我玩兩天好嗎？

6
對不起，我不認識你！

你不是說我們一見如故的嗎？

| 解釋 | 初次相見就十分投合，就像老朋友那樣。 |

| 典故 | 出自《左傳・襄公二十九年》。春秋時，吳國公子季劄（粵音「扎」）出使鄭國，與鄭國大夫子產一見面就聊個不停，十分投契，兩人好像是早就相識的好朋友。後來的人就以「一見如故」來形容兩個本不相識的人一交談就情投意合。 |

【近義成語】一見如舊、情投意合
【反義成語】話不投機

| 例句 | 他倆雖然剛認識，卻一見如故，無所不談。 |

同病相憐

1

2

慘了，我回家一定會被
媽媽宰掉，怎麼辦？

我媽媽也很兇啊！

3

哦，原來你跟我一樣，
真是同病相憐啊！

4

5

幹什麼？

6

你們不是都生病了
嗎？快把口罩戴上，
別傳染我們！

解釋 比喻有相同不幸遭遇及痛苦的人互相同情憐憫。

典故 出自《吳越春秋‧闔閭內傳》。楚國大臣伍子胥因為父親遭陷害，被人冤枉他意圖謀反，更因此被關進牢房。後來，伍子胥逃到吳國，受到吳王重用。同時，有個叫伯嚭（粵音「鄙」）的人也因為父親被楚國奸臣殺害而出逃到吳國投靠伍子胥。伍子胥向吳王推薦伯嚭，吳國大夫問伍子胥伯嚭是否可靠？伍子胥回答說：「我和伯嚭有相同的怨仇，你沒聽到《河上歌》裏唱的嗎？『同病相憐，同憂相救。』」

【近義成語】難兄難弟、患難與共
【反義成語】幸災樂禍

例句 這兩位在戰爭中失去兒子的母親同病相憐，互相安慰，成了好朋友。

形影不離

小息的時候　　　　　1

他們為什麼突然變得如此友好？

在體育課上　　　　　2

他們很奇怪喲！

3

他們整天形影不離，一定是在打什麼歪主意，我得告訴徐老師！

4

你們怎麼總是形影不離，該不會是想要搗蛋吧？

5

6

我們的手不小心被強力膠水黏住了，怎麼也分不開呢！

解釋 像身體與它的影子那樣時刻不能分開。形容彼此關係密切，經常互相伴隨。

典故 出自《呂氏春秋．孝行覽．首時》。墨家有個叫田鳩的人想見秦惠王。可是，他在秦國三年都見不到秦惠王。楚王知道了這件事，給了他將軍的憑證讓他去秦國，這樣他才見到了秦惠王。田鳩見過秦惠王後十分感觸，對人說：「見秦惠王的途徑竟然是要先去楚國啊！」時機有時離得近反而被疏遠，離得遠反而能接近。夏朝的君主桀和紂是無法無天的昏君，可是正因為他們的存在，激發有心人起來反抗暴政，建立更好的政權。因此成就了賢德的商湯和周武王的政權。聖人與時機的關係就像走路時身體與影子那樣不可分離啊。

【近義成語】如影隨形、寸步不離
【反義成語】形單影隻、分道揚鑣

例句 小芬和明珠是同座的同學，兩人整日形影不離，做什麼都在一起。

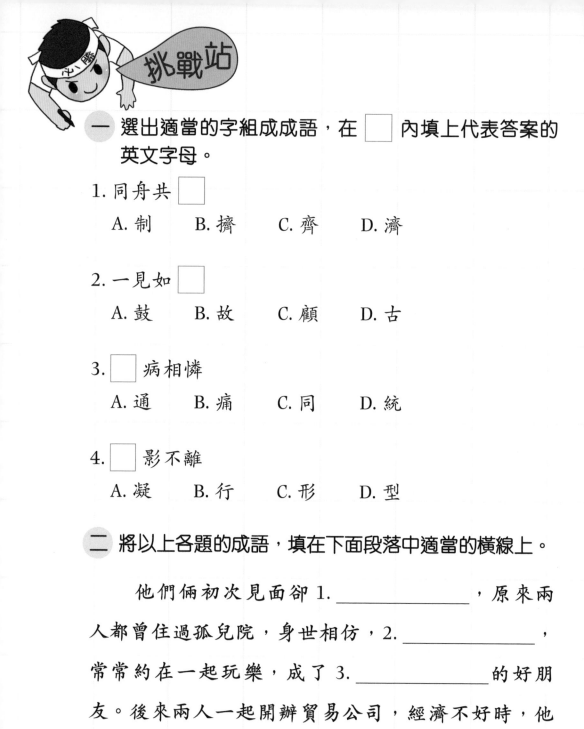

挑戰站

一 選出適當的字組成成語，在 ☐ 內填上代表答案的英文字母。

1. 同舟共 ☐

    A. 制　　　B. 擠　　　C. 齊　　　D. 濟

2. 一見如 ☐

    A. 鼓　　　B. 故　　　C. 顧　　　D. 古

3. ☐ 病相憐

    A. 通　　　B. 痛　　　C. 同　　　D. 統

4. ☐ 影不離

    A. 凝　　　B. 行　　　C. 形　　　D. 型

二 將以上各題的成語，填在下面段落中適當的橫線上。

　　他們倆初次見面卻 1.＿＿＿＿＿＿＿，原來兩人都曾住過孤兒院，身世相仿，2.＿＿＿＿＿＿＿，常常約在一起玩樂，成了 3.＿＿＿＿＿＿＿的好朋友。後來兩人一起開辦貿易公司，經濟不好時，他倆 4.＿＿＿＿＿＿＿，合力渡過難關。

第二章

儀表外貌

彬彬有禮

1

嗨，海獅，把昨天的中文課筆記借我看一下吧！

哼，你如此無禮，我為什麼要借給你？

2

3

謝海詩同學，

昨天我生病缺課，可否請你把中文課的筆記借給我看看啊？

看在你彬彬有禮的份上，

好吧！

4

謝謝你。

原來如此！

5

第二天早上

謝海詩同學，

如果我很有禮貌地拜託你，你是不是就會樂意幫忙？

那當然！

你有什麼事嗎？

6

親愛的謝海詩同學，拜託你幫我把它餵滿，

我會很感激你的，謝謝你的幫忙啊！

| 解釋 | 文雅而有禮貌的樣子。 |

| 典故 | 出自《史記·太史公自序》。太史公說：「周朝衰落，秦朝毀壞了很多古代文化典籍。這時漢朝興起。幾位得力的臣子下了很多功夫，例如蕭何修訂了法律；韓信明確了軍法；張蒼制立了章程；叔孫通確定了禮儀，於是文才與人品俱佳的彬彬學士才逐漸被重用。」「彬彬有禮」本意是文質兼備，後來的人多用以形容溫文爾雅、有教養的文化人士。 |

【近義成語】文質彬彬
【反義成語】舉措失當、傲慢無禮

| 例句 | 姑媽姑丈的家教很好，表哥待人接物彬彬有禮，很有教養。 |

儀態萬千

1 中國舞表演

2 小柔真是儀態萬千啊！

3 酷酷的海獅，原來也可以如此優雅！

4

5 滑倒！

6 哇，跳中國舞的女生都氣質非凡啊！

救命呀，疼死我了！

解釋 指人的容貌、姿態、風度都非常美。

典故 出自清朝王韜的《淞濱瑣話·真吾煉師》。這篇筆記小說中說有個叫徐叔嘉的男子，本性不壞，但曾經非常沉迷賭博。呂仙祠的真吾煉師幫助他改邪歸正，之後常邀他到祠內玩。一天兩人正在祠中賞花，忽然有一個優雅的女郎走進來。這位容光煥發的女郎點燃香爐，開口唱詞，姿態優美，儀態萬千。徐叔嘉驚歎女郎如此美麗，目不轉睛地看着她。其實這女子是真吾煉師安排來與徐叔嘉結緣的，日後兩人便結成了夫妻。

【近義成語】綽約多姿、豐姿綽約
【反義成語】其貌不揚

例句 主持晚會的三位女司儀個個貌如天仙，談吐大方，一舉手一投足都婀娜多姿，人人稱讚她們是儀態萬千的一流司儀。

傾國傾城

1 《白雪公主》話劇角色選拔賽

2
你猜誰會是白雪公主呢？

當然是校花張佩兒啦，白雪公主要有傾國傾城的美貌啊！

3
白雪公主是——吳慧珠！

4
Thank You~　Thank You~

5
啪
《白雪公主》話劇角色選拔賽
！

6
她果然是有傾國傾城的本領啊！

*想知道更多關於本故事內容，可看《鬥嘴一班 11 最佳女主角》。

解釋 形容女子的容貌十分美麗，使得全城全國的人都為她傾倒。

典故 出自《漢書‧外戚傳》。能歌善舞的李延年想把妹妹推薦給漢武帝為妃，便在漢武帝面前邊舞邊唱道：「北方有一位絕世脫俗的美人，她回頭看一眼，一座城市能失守；她再回頭一望，一國君主將亡國。」漢武帝感歎說：「不知世間真有這樣的美人嗎？」漢武帝的姐姐平陽公主說李延年的妹妹就是。漢武帝就把李延年的妹妹召進宮，非常寵愛她。後人就以「傾國傾城」一詞形容女子的美貌。

【近義成語】絕代佳人、天香國色
【反義成語】面目可憎、其貌不揚

例句 越國西施不僅具有傾國傾城的美貌，更可貴的是她還有熾熱的愛國情懷。

鶴立雞羣

1
文樂心　江小柔　高立民
吳　　　胡　　　黃

2
小柔，
嘻嘻！
你寫書法的技巧真是鶴立雞羣啊！

3
在體育課上
大家輪流站在籃底下投球，看誰連續入球最多！
文樂心一球、
高立民一球、
黃子祺一球、

4
胡直五球！
胡直的球技，果然是鶴立雞羣啊！

5
我也可以鶴立雞羣的啊！
嬰兒爬行大賽

6
小朋友你已經超齡了，不符合參賽資格啊！

解釋 像鶴站在雞羣中那樣，高出很多。比喻一個人的才能、風度、儀表在一羣人中間很突出。

典故 出自南朝宋《世說新語·容止》。西晉時惠帝的臣子稽（粵音「溪」）紹是魏晉名人稽康的兒子，長得高大魁梧，英俊挺拔，又忠心愛國。稽紹在一次戰鬥中因保衞惠帝而身中多箭陣亡，血濺到惠帝的衣衫上，惠帝都不願洗去。有人曾對大臣王戎（粵音「容」）說：「昨天在人羣中見到稽紹，他卓然超羣，就像野鶴站立在雞羣中。」王戎說：「你沒見過他的父親呢，有其父必有其子啊！」所以人們用「鶴立雞羣」來形容某人的出眾。

【近義成語】出類拔萃、超羣出眾
【反義成語】平淡無奇、庸庸碌碌

例句 身材高大的王局長在聚會中侃侃而談，氣度不凡，給人以鶴立雞羣的感覺。

一 下面的成語都有錯別字，圈出錯別字，在橫線上填上正確的成語。

1. 傾國傾成　＿＿＿＿＿＿＿＿＿＿

2. 杉杉有禮　＿＿＿＿＿＿＿＿＿＿

3. 義態萬仟　＿＿＿＿＿＿＿＿＿＿

4. 鴿立雞裙　＿＿＿＿＿＿＿＿＿＿

二 上面各題的成語可以用來形容怎樣的人？把它們填在適當的橫線上。

1. 具有絕世美貌的女子：＿＿＿＿＿＿＿＿＿＿

2. 才能和儀表出眾的人：＿＿＿＿＿＿＿＿＿＿

3. 溫文爾雅、有教養的人：＿＿＿＿＿＿＿＿＿＿

4. 不僅貌美，而且有風度，姿態也佳的人：

＿＿＿＿＿＿＿＿＿＿

第三章
師生關係

良師益友

1 在課堂上

交朋結友要謹慎，我們要結交有積極作用的良師益友，千萬別誤交損友啊！

我知道了！ 我知道了！

2 午休時間

這條算式就是這樣。

我明白了！

3

高立民果然是我們的良師益友啊！

我們互相切磋而已！

4

大家快來，我來教你們打手機！

5

黃子祺慫恿惠同學玩手機，我們不要交這種損友！

6

什麼嘛，我只是想教大家中文輸入法罷了！

解釋 優秀的老師、有益的朋友。泛指能使人得到教育和幫助的人。

典故 出自清朝彭養鷗醒世小說《黑籍冤魂》。書中敍述一個姓吳的家族靠販賣鴉片發財，但兒子也染上鴉片毒癮，不能自拔。雖然曾經有良師益友苦口婆心地規勸他，但他卻把那些話當耳邊風，繼續吸食鴉片。

【近義成語】春風化雨
【反義成語】狐朋狗友、酒肉朋友

例句 我愛看書，書本就像是我的良師益友，教我很多知識，給我很多幫助。

滿城桃李

1 擴建校舍慈善籌款晚會

2 1,000

3
哇，羅校長右邊那位可是地產公司的大老闆啊！

左邊那位也是知名的醫生呢！

他們都是羅校長的學生嗎？

4
那當然，羅校長在藍天小學任教已經三十多年了，

真的是滿城桃李呢！

5
第二天，
周志明家門前空地

左邊、

左邊、

右邊。

6
想要滿城桃李何須苦等三十年？

我現在就可以滿城桃李啦！

解釋 比喻教師有很多弟子、門生（現時的學生），遍布各處。讚美老師辛勤培育人材。

典故 出自唐朝劉禹錫的《劉夢得文集》。當中提到京城的科舉考試會試有結果了，在各地方張貼皇榜，列出中舉的人。長安城裏人人都趕來看榜，中了榜的一日內名聲天下傳，這些滿城桃李以後便會是主管禮部（唐朝以六部作為中央行政機構，吏、戶、禮、兵、刑、工分別掌管官員、財政、禮儀、軍事、刑法及建設）的官吏了。以後的人就把老師擁有眾多優秀學生稱作「滿城桃李」。

【近義成語】桃李滿門

例句 這位模範老教師從事教育工作五十年，已是滿城桃李了。

青出於藍

1
朗誦的技巧，就是動作不要太誇張，

同時要掌握每一句的停頓位。

2
原來如此，我們練練看！

3
朗誦比賽優異獎——江小柔。

冠軍——謝海詩。

4
海詩，你做得比我更好呢，恭喜你！

海詩，你真是青出於藍啊！

5
第二天，在美術室內

珠珠，你在這兒做什麼？

6
心心，你等着！

當我從這一片藍色的顏料中走出來後，我便可以青出於藍了，嘿嘿！

| 解釋 | 比喻學生勝過老師，後來的人超過前人。 |

| 典故 | 出自《荀子‧勸學》。北魏有個叫李謐（粵音「物」）的人勤奮好學，他向博士孔璠（粵音「凡」）學習儒家經典，幾年後他的學問超過了老師，孔璠有時更要向他請教，但李謐總是吞吞吐吐不好意思回答。孔璠就引用荀子所說的一番話教導李謐：「青，從藍草裏提煉出來，顏色卻比藍草更深；冰，從水而來，卻比水冷。」荀子這番話比喻刻苦學習的學生能夠學得比老師出色。 |

【近義成語】後來居上
【反義成語】每況愈下、江河日下

| 例句 | 弟弟打羽毛球的本領還是我教的呢，現在他卻打得比我好，真是青出於藍啊！ |

有教無類

1

歡迎，歡迎各位新生家長。

2

同是小一新生，怎麼差別那麼大？

當然，藍天小學向來以學生品格為重，從來不論貧富家世，這就是有教無類嘛！

3

籃球班
每人付學費五十元，有教無類。

4

我只有四十元，可以收便宜一點嗎？

不行！

5

為什麼？你不是說有教無類嗎？

無論貧富貴賤我都一律收費五十元，還不是有教無類嗎？

6

同學間理應互相幫忙，是不許收取費用的！

解釋 無論對哪一類人都施行教育，沒有等級、地域、貴賤、高下之分。

典故 出自《論語·衞靈公》。孔子在這一章中告訴學生為師之道，他以自身實踐教學作了示範。當中有一則提到「有教無類」。意思是教育對人人平等，老師教育學生一律平等，不要分等次級別。這是孔子的一項重要教育原則，這項原則亦體現在他收取學生的情況上。孔子收取學生從不以學生的社會等級背景為考慮，一概用心教導。

【近義成語】一視同仁
【反義成語】去蕪存菁、挑三揀四

例句 王老師有教無類，工餘時間也會擔任義工，替家境貧困的孩子補習。

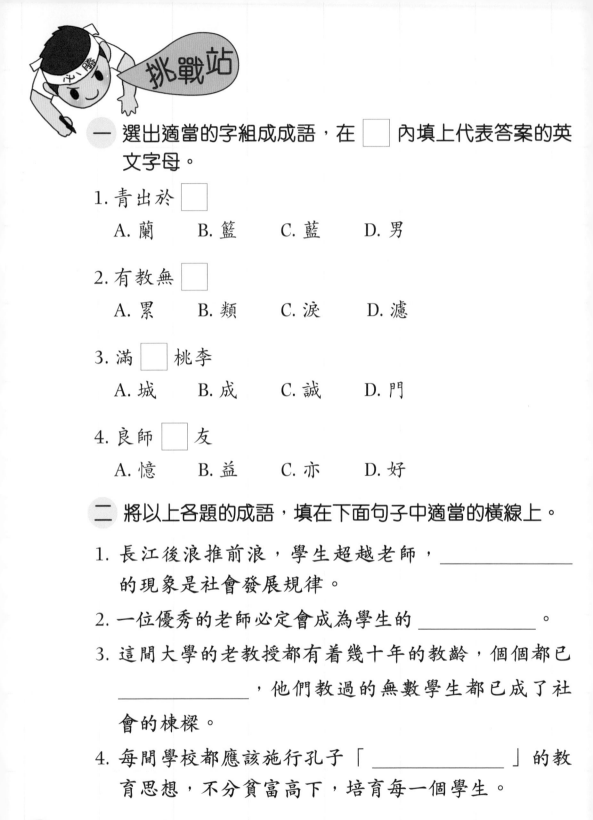

挑戰站

一 選出適當的字組成成語，在 ☐ 內填上代表答案的英文字母。

1. 青出於 ☐

   A. 蘭　　B. 籃　　C. 藍　　D. 男

2. 有教無 ☐

   A. 累　　B. 類　　C. 淚　　D. 濾

3. 滿 ☐ 桃李

   A. 城　　B. 成　　C. 誠　　D. 門

4. 良師 ☐ 友

   A. 憶　　B. 益　　C. 亦　　D. 好

二 將以上各題的成語，填在下面句子中適當的橫線上。

1. 長江後浪推前浪，學生超越老師，_____ 的現象是社會發展規律。

2. 一位優秀的老師必定會成為學生的 _____ 。

3. 這間大學的老教授都有着幾十年的教齡，個個都已 _____ ，他們教過的無數學生都已成了社會的棟樑。

4. 每間學校都應該施行孔子「_____」的教育思想，不分貧富高下，培育每一個學生。

第四章
家庭親情

歸心似箭

星期五放學時間

1
同學再見！
老師再見！

2
兄弟，去哪兒啊？
回家啊！

3
明天不用上課，不如先陪我打一場籃球賽再回家吧！
不了，我今天要趕着回家！

4
他為什麼如此歸心似箭？
必定是跟爸爸媽媽一起去玩吧？
真幸福！

5
我回來啦！
打開

6
噓，幸虧剛剛趕得及！

解釋 形容回家心切，希望自己能像離弓的箭那樣飛快地到家。

典故 出自清朝小說《好逑傳》第十二回。故事中提到俠義之士鐵公子為反對一椿強逼婚姻，不惜遠道而來了解整件事的詳情。就在鐵公子了解過後，快要回家時，竟被當地一名叫過公子的惡霸強逼他留下來。鐵公子只好婉言拒絕，說：「承蒙兄長厚愛，本應當留下來聆聽您的教誨，只是我歸心似箭，今天馬上就要走了，我們日後再聚吧。」以後的人就都用「歸心似箭」來形容想回家的迫切心情。

【反義成語】流連忘返、樂不思蜀

例句 哥哥在英國留學，很想念家人，一到聖誕節，他就歸心似箭，急着訂飛機票回家。

牽腸掛肚

1
爸爸，你到底什麼時候才能回家啊？

放心吧，爸爸下星期便回家了！

一言為定，我等你回來啊！

2
他們父女倆的感情真好啊，爸爸不過離開短短一個月，心心便已經牽腸掛肚！

是啊，沒想到心心對爸爸挺有心啊！

3
我回來啦！

爸爸！

4
我拜託你幫我買的漫畫書，買得到嗎？

當然有啦，爸爸怎會讓你失望？

5
太好了！

我等了足足一個月，終於等到了呢！謝謝爸爸！

6
原來讓她一直牽腸掛肚的不是我，而是漫畫書呢！

關上

解釋 形容時時刻刻惦念着一件事或某個人，放不下心。

典故 出自《水滸傳》第四十二回。宋江表示願意死心塌地上梁山，加入反對政府的農民起義軍做副首領，劫富濟貧。但是他擔心老父親的安危，不聽首領晁（粵音「潮」）蓋的勸告，一定要回老家把父親帶來，說：「只為父親這一件事，我牽腸掛肚，坐臥不安。」

【近義成語】念念不忘、朝思暮想
【反義成語】無牽無掛、置之不理

例句 母親對出洋留學的孩子總是牽腸掛肚的，擔心他在外的衣食住行。

相依為命

是小白啊!

為了答謝你們照顧小白,我寫了一封感謝信,聊表心意!

小白真聽話!

是啊!家中就只有小白陪在我身邊,我和牠可是相依為命的親人呢!

第二天,中文課上

黃子祺和周志明把桌子搬到前面來!

專心上課,不要再搗蛋了!

你別再害我了!

現在只剩下我跟你相依為命,你可不能丟下我一個人啊!

嗚嗚……

哼,我之所以會坐在這裏,也全都是你害的!

*想知道更多關於本故事內容,可看《鬥嘴一班6給牠一個家》。

解釋

互相依靠着過日子。

典故

出自晉朝李密的《陳情表》。李密本是蜀漢的官員。司馬昭滅了蜀，建立晉。晉朝君主晉武帝下詔封李密為太子侍從官，李密寫《陳情表》，請求晉武帝先讓他為九十六歲的祖母養老送終，說：「沒有祖母，我沒有今日；祖母沒我，也不能度過晚年。祖孫二人相依為命。」晉武帝被他的孝心感動，不但答允了他的請求，還嘉獎了他。後來的人就以「相依為命」形容彼此相依生活，誰也離開不了誰。

【近義成語】相濡以沫
【反義成語】漠不相關、不聞不問

例句

自從父親病逝後，他和母親兩人相依為命，轉眼已經捱過了十年。

掌上明珠

1
心心，你做得不對！

哥哥，我最討厭你了！

2

3
你們都是家中獨女，必定是集萬千寵愛在一身吧！

才不是呢，我媽媽對我可兇了！

4
如果我有兄弟姊妹，爸媽就不會把我看得那麼緊了！

別這麼説啦，我們都是爸媽的掌上明珠，能得到父母的疼愛已經很幸福了！

5
你看，這可是我的掌上明珠呢！

你是想説掌上電腦吧？什麼掌上明珠？你有女兒嗎？

6
「掌上明珠」並不一定就是指女兒，

也可以解作最珍愛的物件呢，你不知道嗎？

| 解 釋 | 通常用以比喻極受父母疼愛的女兒，也可指極其珍愛的物品或人物。 |

| 典 故 | 出自晉朝傅玄的《短歌行》。傅玄在好幾首樂府詩中抒寫了古代婦女在社會底層遭受的苦難，表達了對她們的同情，如直抒失寵妻子心聲的詩句「以前把我當作掌上明珠，為什麼如今卻把我拋棄？以前與我如影相隨，為何如今一去就如流星不回來？以前與我心心相連，為何今日音訊全無？」後來的人就以「掌上明珠」比喻極受寵愛的女子。 |

【近義成語】老牛舐犢
【反義成語】棄之不顧

| 例 句 | 愛珍是家中的獨生女，父母和祖父母都把她看作掌上明珠，萬分疼愛。 |

一 下面的成語全都缺少了兩個字，在橫線上填上正確的
　答案。

1. ＿＿＿＿ ＿＿＿＿ 為命

2. 牽 ＿＿＿＿ 掛 ＿＿＿＿

3. ＿＿＿＿ 心似 ＿＿＿＿

4. ＿＿＿＿ 上 ＿＿＿＿ 珠

二 將以上各題的成語，填在下面段落中適當的橫線上。

　　芳芸一出生就是祖母的 1.＿＿＿＿＿＿＿，
自從父母相繼因病過世後，祖孫倆 2.＿＿＿＿＿＿＿
生活。後來，芳芸考上大學去外地讀書，祖母整
日 3.＿＿＿＿＿＿＿，對她不放心。一到節假日，
芳芸便 4.＿＿＿＿＿＿＿，急着回家看祖母。

第五章
學習態度

温故知新

中文課上

1. 以上就是這次中文科的考試範圍。

2. 我最討厭就是考試了！

對啊，既然讀書不是求分數，那為什麼還要考試啊？

3. 考試就是讓大家把學過的知識重新複習，

以求達到溫故知新的效果啊！

4. 放學後，在周志明家

考試快到了還在玩遊戲？

快去溫習！

5. 我現在不就是在複習嘛！

你分明就是在玩遊戲啊！

6. 老師説，學過的東西要多複習才能溫故知新，

這些遊戲我已經很久沒玩，

也該是時候溫故知新了！

解釋 溫習已學過的知識，可以得到新的理解和體會。也指回憶過去，吸取教訓，認識現在。

典故 出自《論語・為政》。春秋時期的孔子有着豐富的教學經驗。他常常在與學生的對話中教導學生。他曾對學生說：「經常溫習已經讀過的書，牢牢記住學到的知識，並能悟出新的道理、學到新的知識，能做到這樣學習的人知識日益充實，可以當別人的老師了。」溫故知新，是孔子提倡的一個重要的學習方法。

【近義成語】好學深思、博古通今
【反義成語】不求甚解、一曝十寒

例句 我很喜歡考試前的溫書時間，溫故知新，對學過的知識能有不少新的體會，理解得也更深了。

手不釋卷

1 小息時

2 我們也看書吧！

3 你們班的閱讀風氣很濃啊，連小息時間也手不釋卷地閱讀，真是難得！

4 同學們，你們要繼續保持這種好習慣啊！

知道！

5 哈 哈 哈 ？

6 原來你們在偷看漫畫，我要告發你們！

Chapter 3

解釋 手裏的書看得入神，捨不得放下。形容勤奮好學。

典故 出自《三國誌·吳書·呂蒙傳》。三國時東吳大將呂蒙沒怎麼上過學，懂的知識和文化也不多，東吳君主孫權勸他多讀點書，呂蒙說自己軍營事務繁忙沒時間。孫權說自己自小便愛讀書，掌握國事以後又讀了很多兵書，得益不少。孫權還告訴呂蒙說漢光武帝劉秀在軍務之餘，還常常看書，手不釋卷。呂蒙從此發憤學習，所讀的書數目之多連老儒生也比不上了。

【近義成語】愛書如命、書不離手
【反義成語】無心向學、不學無術

例句 向明從小愛看書，放學一回家就手不釋卷，閱讀了很多中外名著。

專心致志

1 在圖書館裏

2
她們在做什麼？

噓，別吵她們，

心心正專心致志地溫習，希望考試能考出好成績呢！

3 派發成績單

這次的成績進步很大，做得好！

證明只要專心致志，沒有什麼事是不能成功的。

4 吳慧珠家中

珠珠，你在裏面這麼久幹什麼？

5
媽，你別吵着我，我在努力地進行美容。

看着鏡子就能美容嗎？

6
只要我專心致志，沒有什麼事是不能成功的！

| **解釋** | 形容一心一意、集中精神做某件事。 |

典故　出自《孟子・告子上》。孟子說，下棋只是一項小技藝，但是如果不專心學，也是學不成的。假如讓國內的名棋手弈秋同時教兩個學生下棋，一個專心致志，另一個雖然在聽講，心中卻想着去用弓箭射獵天上的鴻雁，那他肯定是學得不及那個專心致志的學生的，其原因不是他的智力不如人，只是不夠專心。後來的人就以「專心致志」形容非常專心地做事。

【近義成語】全神貫注、聚精會神
【反義成語】心不在焉、漫不經心

例句　做化學實驗時一定要專心致志做好每一個步驟，絕對不可以馬虎。

懸樑刺股

中文課上 〔1〕

懸樑刺股

〔2〕

古人為了發憤讀書，不惜以懸樑刺股的方法來激勵自己。

可見他們的決心有多大。

小息時 〔3〕

我也想學古人懸樑刺股，可是現在的建築物已經沒有屋樑了……

〔4〕

沒關係，我來幫你！

怎麼幫？

〔5〕

嘿嘿嘿！

狼牙棒

〔6〕

救命呀！

. . .

56

解釋 讀書時防止自己打瞌睡，把頭髮吊在房樑上，或用錐子刺大腿。形容學習勤奮，讀書刻苦。

典故 出自《太平御覽》及《戰國策》。東漢著名政治家孫敬年輕時非常好學，從早到晚足不出戶讀書，鄰居們稱他為「閉門先生」。晚上讀書睏倦時，他用繩把頭髮吊在樑上防止自己打瞌睡。戰國時期的謀士蘇秦游說秦王不成功，回家找到姜太公的兵書，如獲至寶日以繼夜攻讀，每當昏昏欲睡，就用錐子刺自己的大腿至流血，使自己保持清醒。後來蘇秦當了趙國丞相，聯合六國抗秦。後人以「懸樑刺股」形容發憤學習。

【近義成語】引錐刺股、鑿壁偷光
【反義成語】飽食終日、遊手好閒

例句 為了成為醫生，他繼承古人懸樑刺股的精神，努力學習，從不鬆懈。

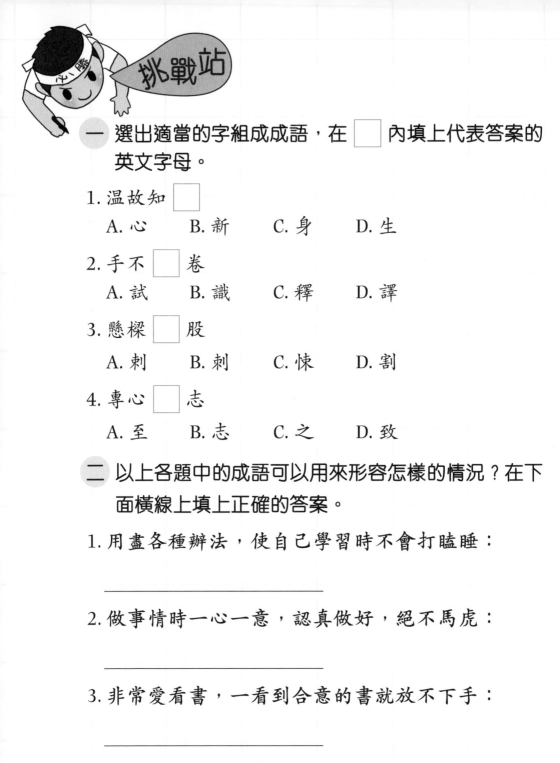

挑戰站

一 選出適當的字組成成語，在 ☐ 內填上代表答案的英文字母。

1. 溫故知 ☐

　　A. 心　　　B. 新　　　C. 身　　　D. 生

2. 手不 ☐ 卷

　　A. 試　　　B. 識　　　C. 釋　　　D. 譯

3. 懸樑 ☐ 股

　　A. 剌　　　B. 刺　　　C. 悚　　　D. 割

4. 專心 ☐ 志

　　A. 至　　　B. 志　　　C. 之　　　D. 致

二 以上各題中的成語可以用來形容怎樣的情況？在下面橫線上填上正確的答案。

1. 用盡各種辦法，使自己學習時不會打瞌睡：

　　_____

2. 做事情時一心一意，認真做好，絕不馬虎：

　　_____

3. 非常愛看書，一看到合意的書就放不下手：

　　_____

4. 把學到的知識經常溫習，從中獲得更多知識：

　　_____

第六章

克服困難

摩拳擦掌

2 你們準備好了嗎？

準備好！

3 你們真的要打嗎？

當然，我們可不怕你！

4 怎麼回事？

兩幫人在摩拳擦掌的，該不會是要打架吧？

5 一、二、三、

開始！

等一下！

6 噓，原來他們摩拳擦掌並非要打架，

而是為了比賽，

太好了！

*想知道更多關於本故事內容，可看《鬥嘴一班1插班新同學》。

| 解 釋 | 形容在準備做某件事之前精神振奮、充滿信心的急迫樣子。 |

| 典 故 | 出自元朝康進的《李逵（粵音「葵」）負荊》。這齣雜劇寫兩個惡棍假冒宋江、魯智深搶走小酒店店主的女兒。李逵剛好下山得知此事，信以為真，他怒火沖天，要回去責問宋江為何做出此等壞事。他邊走邊唱道：「我這裏摩拳擦掌，滿肚子氣，按捺不住激動的心情。」他回到水滸一百零八將紮營的梁山，在聚會議事的忠義堂上大吵大鬧，指責宋江敗壞梁山好漢的名譽。後來李逵弄清真相，知道錯怪了宋江，李逵負荊請罪，並與魯智深一起捉拿了惡棍，將功補過。 |

【近義成語】躍躍欲試
【反義成語】沒精打采、萎靡不振

| 例 句 | 各項比賽要開始了，運動員們個個摩拳擦掌，準備在運動場上一比高下。 |

水滴石穿

1

2

你小心啊，數學不合格是要留班的！

我只是一時失手，下次必定可以拿九十分以上！

3

黃子祺，去打籃球吧！

不去了，我要複習啊！

4

半年後

耶！我做到了！

沒想到你真的有水滴石穿的決心啊！

5

放學時，在操場上

心心，你在做什麼？

6

我在試驗「水滴」是否真的能「石穿」。

你慢慢試好了，我才沒有水滴石穿的耐心去等呢！

水滴不斷掉下來，能把石頭滴穿。比喻雖然力量很小，但是持之以恆，不斷努力，就能創造奇跡，獲得成功。

典故 出自宋朝羅大經的小說《鶴林玉露》。當中提到張縣令看見管錢庫的官吏順手拿走一個銅錢，便要處罰他，說：「一天拿一個銅錢，一千天就是一千個銅錢。時間長了，繩子可以磨斷木頭，滴水可以穿透石塊啊！」日後人們就以「水滴石穿」形容微小的力量只要堅持也能辦成大事。

【近義成語】鍥而不捨、磨杵成針
【反義成語】一曝十寒

例句 他雖然在車禍中失去了雙手，但每天練習用腳夾着筆畫畫，水滴石穿，終於成為一名出色的畫家。

雄心壯志

1

校際籃球比賽

2

勝方是藍天小學。

太好啦！

都是因為胡直你的球技出色！

3

我決定要立志成為像姚明一樣出色的籃球員！

好，你果然有雄心壯志，我支持你！

4

第二天　英文話劇《白雪公主》

想不到吳慧珠做得這麼好！

真是對她刮目相看。

5

總有一天，我會成為真正的最佳女主角！

珠珠你很有雄心壯志啊！

加油呀，你一定可以的！

6

對啊，不過你只適合演一齣戲，那就是——《女主角瘦身記》！

你這隻海獅真討厭！

*想知道更多關於本故事內容，可看《鬥嘴一班 11 最佳女主角》。

| 解釋 | 具有遠大的抱負，宏偉的理想。 |

| 典故 | 出自晉朝陸機的《弔魏武帝文》。晉朝文學家陸機在晉朝王室的藏書樓中看到曹操臨終前寫下的《遺令》，非常感慨，於是寫下《弔魏武帝文》。文中哀歎統一了北方的曹操雖有平定天下的雄心，但雄心被無情的疾病摧毀，病死於征戰途中，壯志也因死亡而告終，而一代英雄在死前還記掛着如何處置各種瑣事。後來的人就以「雄心壯志」比喻遠大的志向。 |

【近義成語】胸懷大志
【反義成語】心灰意冷

| 例句 | 年輕人應該抱有雄心壯志，向着明確的目標不懈努力，才能有希望成功。 |

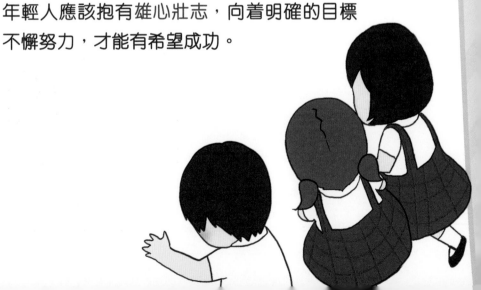

勇往直前

1 陸運會賽跑

2 黃子祺，你別勉強啊，不行便停下來吧！

加油！

不！我一定要堅持到底！

3 沒想到向來嬉皮笑臉的黃子祺，遇到困難時也能勇往直前，

不輕言放棄，真是難得啊！

4 一星期後，郊外行山活動

這段山路很崎嶇啊！

5 珠珠，你能行嗎？

放心，即使前路有多艱辛，我也必定勇往直前，絕不後退！

6 但你真的確定要勇往直前嗎？

66 *想知道更多關於本故事內容，可看《鬥嘴一班 9 誰是冠軍？》。

解釋 勇敢地一直向前進，絕不後退。

典故 出自南宋朱熹的《朱子全書·道統一·周子書》。朱熹不僅是理學家、哲學家、思想家，還是一位著名的教育家。他曾在多處建立書院，親自教授學生。《朱子全書》收編了朱熹本人的言論以及他所整理的理學文獻。朱熹曾教導學生說：「不顧旁人是非，不計自己得失，勇往直前，說出人不敢說的道理。」「勇往直前」就是用來形容人無所畏懼地前進。

【近義成語】一往無前
【反義成語】畏縮不前

例句 他認定了自己的奮鬥目標之後，不怕困難，勇往直前，最終實現了自己的理想。

一 下面的成語都有錯別字，圈出錯別字，在橫線上填上正確的成語。

1. 磨券擦掌 ＿＿＿＿＿＿＿＿＿＿＿＿＿＿

2. 勇住值前 ＿＿＿＿＿＿＿＿＿＿＿＿＿＿

3. 胸心裝志 ＿＿＿＿＿＿＿＿＿＿＿＿＿＿

4. 水摘石串 ＿＿＿＿＿＿＿＿＿＿＿＿＿＿

二 把左右兩排意思相近的成語用線連起來。

水滴石穿 •　　　　　　• 躍躍欲試

雄心壯志 •　　　　　　• 磨杵成針

摩拳擦掌 •　　　　　　• 一往無前

勇往直前 •　　　　　　• 胸懷大志

第七章
風光美景

枯木逢春

1
在一場狂風暴雨過後……

生菜

2
都是我不好，沒有做好防風措施。

不必傷心，

我們現在補救還來得及。

3
挖土、

施肥、

灑水……

4
一星期後

太好了，

它們都枯木逢春了！

哇，好神奇喲！

5
珠珠，你在幹什麼？

6
我在等待這根「枯木」逢春呢！

*想知道更多關於本故事內容，可看《鬥嘴一班7綠色小天使》。

解釋 乾枯了的樹木到了春天又恢復了生機。也比喻陷於困境的人或事物得到了擺脫困難、重振旗鼓的機會。

典故 出自宋朝釋道原的《景德傳燈錄》。「枯木逢春」本是佛家禪林用語。唐州大乘山和尚問：「枯木逢春是佛家道理的內容嗎？」大師回答說：「佛家道理不是世俗的，是出世間之理，正像枯木逢春那樣是世間很稀有的。」於是人們常用「枯木逢春」比喻垂危的病人或事物獲救或得到了新生，是很罕見、很難得的事。

【近義成語】絕處逢生、鐵樹開花
【反義成語】枯木朽株

例句 庭院裏的那棵老銀杏樹去年被蟲害蛀空了樹幹，樹葉也掉光了。想不到春風一吹，樹上又冒出了新芽，真是枯木逢春啊！

桃紅柳綠

在公園裏

你們看，

這兒一片桃紅柳綠的，很漂亮啊！

咦，小辮子，你今天跟這些桃紅柳綠的花兒很相襯啊，呵呵！

不如我們一起在花圃之間玩捉迷藏吧！

好呀！

呀！胡直負責找人！

都躲好了嗎？我要開始找了！

找到江小柔！

好！最後就是小辮子！

發現高立民！

小辮子到底躲到哪裏去了？

奇怪，心心能藏到哪兒去呢？

不用找了，她一定是自行回家了吧！

我們也回去吧！

他們怎麼還不來找我啊？

72

解釋 形容春天花木生長繁茂，一片美麗的景色。

典故 出自唐朝王維的詩作《田園樂》。盛唐詩人王維四十多歲時隱居在長安東南面藍田縣的輞川別墅中，寫了不少親近大自然的詩篇。《田園樂》是《輞川六言》中的一首：「桃紅復含宿雨，柳綠更帶春煙。花落家童未掃，鶯啼山客猶眠。」詩中捕捉住富有春天特徵的景物（桃花、宿雨、柳絲、鶯啼），並用紅、綠兩色呈現出一幅柳暗花明的圖畫。於是後來的人便以「桃紅柳綠」來描繪春日美景。

【近義成語】滿園春色、鳥語花香
【反義成語】月缺花殘、殘花敗柳

例句 春天去杭州西湖一遊，湖邊一棵柳樹一棵桃樹，桃紅柳綠，煞是好看。

萬水千山

1

藍天小學音樂節

2

你們的爸媽都能抽空來看表演，可惜我爸爸遠在美國，

媽媽又要值班，無法看得到呢！

即使隔着萬水千山，

我相信叔叔也會為你打氣的！加油！

3

同學，麻煩你幫幫忙。

4

5

謝謝你。

下一組表演的是……

6

現今科技先進，即使遠隔千里又何妨？快把表演片段傳給爸媽看吧！

太好了，

高立民你真聰明！

| 解釋 | 指有很多山和河流,也比喻路途遙遠艱險。 |

| 典故 | 出自唐朝賈島的《送耿處士》詩,其中一段提到:「一瓶離別酒,未盡即言行。萬水千山路,孤舟幾月程。」賈島設宴送別朋友耿處士,一瓶酒還沒喝完,朋友就要走了。賈島哀歎,朋友此行要去遙遠的地方,坐船要走幾個月呢。後來的人就以「萬水千山」比喻路途遙遠。 |

【反義成語】咫尺天涯

| 例句 | 哥哥往英國留學多年,雖然我們隔着萬水千山,但仍時常聯繫,感情深厚。 |

名山大川

1 在教室裏

你們看！

這是我剛剛到歐洲旅行拍的照片。

2

這兒就是意大利的威尼斯水鄉呢！

實在太美了，如果我能把它們全部畫下來就好了！

3

這是什麼山？

你連這個都不知道嗎？它就是瑞士著名的少女峯啊！

海詩你果然是走遍了名山大川啊！

4

哼，有什麼了不起？

我隨時都可以走遍名山大川啊！

怎麼走？

5

啪

大富翁
世界名勝主題版

6

這不就行了？

保證半天已經可以環遊全世界！

大富翁
世界名勝主題版

……

解釋 有名的高山和大河。

典故 出自《禮記·五制》。古時歷代帝王都非常重視祭祀（粵音「自」）活動，目的在求神靈保佑帝王興邦，賜福消災，鞏固統治地位。古代祭祀有嚴格的等級區別，《禮記》中規定天子去全國的名山大川拜祭天神地祇，諸侯只在當地的名山大川拜祭，而百姓只是在家祭祀自己的祖先和灶神。帝王們認為中國的五嶽（泰山、華山、衡山、恆山、嵩山）是羣神居住的地方，是帝王受命於天、統治中原的象徵，所以每到年終和重大節日都去山頂設壇，舉行封禪祭祀盛典。

【近義成語】錦繡河山、青山綠水
【反義成語】窮山惡水

例句 叔叔喜歡旅行，大學畢業後他單身上路，一年內走遍了全國的名山大川和世界的各大城市。

一 下面的成語都缺少了兩個字，在橫線上填上正確的答案。

1. ＿＿＿＿＿ 山 ＿＿＿＿＿ 川

2. ＿＿＿＿＿ 木逢 ＿＿＿＿＿

3. 桃 ＿＿＿＿＿ 柳 ＿＿＿＿＿

4. ＿＿＿＿＿ 水千 ＿＿＿＿＿

二 將以上各題的成語，填在下面句子中適當的橫線上。

1. 春回大地，花園裏百花盛開，一片 ＿＿＿＿＿＿＿＿ 的美麗景色。

2. 爸爸被公司派去非洲工作一年，我們之間隔着 ＿＿＿＿＿＿＿＿ ，見面不易。

3. 中國地大物博，到處都是 ＿＿＿＿＿＿＿＿ ，很多著名的景點我都想去。

4. 這家工廠瀕臨倒閉，幸好來了一位好廠長，開源節流，令工廠得以 ＿＿＿＿＿＿＿＿ 。

第八章
道德品行

大公無私

在度假村營地 ①

② 哥哥，你放過我吧，我不行呢！

麥老師吩咐每個同學都要走一遍，

即使你是我妹妹也不能例外。

③ 小辮子的哥哥處事大公無私，

真不愧為風紀隊長啊！

我也要以他為榜樣！

度假村宿舍內 **④**

唷，豬豬，你在偷吃零食！

我要告訴老師！

⑤ 你別這樣，不然我把零食分給你們好了！

好吧，

這次就放你一馬吧！

⑥ 黃子祺，你不是説要像文樂心的哥哥一樣大公無私嗎？

對呀！

她的零食本來只是一個人獨吃，現在我把它變成是大家一起吃，不就是「無私」了嗎？

*想知道更多關於本故事內容，可看《鬥嘴一班4玩轉訓練營》。

| 解釋 | 待人處事非常公正，不偏不倚，沒有私心。 |

| 典故 | 出自《漢書・賈誼傳》。漢文帝很重視賈誼，任命他為二公子的老師。賈誼經常上疏表達自己對政事的意見，主張要建立新制度，要加強對臣民的禮儀品德教育。他說，當臣子的要做到為君主而忘了自己，為國家而不顧自己的家，是公而忘私。「大公無私」由此而來，即是一心為公、毫無私心的意思。

【近義成語】公正無私
【反義成語】自私自利、損人利己 |

| 例句 | 北宋包拯辦案大公無私，深得百姓愛戴，稱他是「包青天」。 |

言而有信

1

海詩，求求你教我做數學功課吧！

2

好吧好吧，但是，我有一個條件。

是什麼？

3

你要當一個月的跑腿，把我這個數學科長的職責都承包了！

好，沒問題！

真的？

放心，我可是個言而有信的人呢！

4

一星期後

珠珠，這是你報恩的時候了，快幫我把全班的數學作業都收齊，送到老師那兒去。

5

不好意思，我得趕着到禮堂為英語話劇綵排呢！

不行，你得先送作業！

我是女主角，絕對不能遲到呢，還是你自己送吧！

你不是說過你是言而有信的人嗎？

6

對呀，我把我說過的話寫成信，不就「有信」了嗎？

明天我便把信送給你，哈哈！

你這隻豬豬居然敢戲弄我！

| 解釋 | 說話有信用，說到做到。 |

| 典故 | 出自《論語・學而》。孔子的得意弟子子夏說：「贍養父母，能盡自己的能力；侍奉君主，能奮不顧身；與朋友交往，說話能守信誠實。這樣的人就是受過良好教育的人，值得敬重。」後來的人就以「言而有信」來形容言出必行、有信用的人。

【近義成語】一諾千金、說一不二
【反義成語】言而無信 |

| 例句 | 父母對孩子要言而有信，答允了的事一定要做到，別使孩子失望。 |

見義勇為

在便利店裏 `1`

快通知店長抓人。

這樣不好吧？很危險啊！

怕什麼？

小心一點就好！

`3`

跟我到警局！

小孩子，謝謝你們見義勇為啊！

婆婆別客氣，這是應該的。

隔天放學後

你不能這樣欺負人！

`5`

別多管閒事啊！

就在這邊！

你真笨，為什麼自己跑上去了？

算了吧

我這是見義勇為嘛！

你這樣可不是見義勇為，而是不自量力呢！

| 解釋 | 見到合乎道義的事，就挺身而出，勇敢地去做。 |

| 典故 | 出自《論語‧為政》。孔子說：「見到正義的事不去做，是沒有勇氣，是懦弱。」孔子還解釋說：「義，是符合仁、禮的，應該做的；勇，就是果敢、勇敢。去做符合仁義禮智的事，才是勇，否則就是『亂』。」後來的人就把孔子這段話概括為「見義勇為」這個四字成語來形容英雄的行為。 |

【近義成語】拔刀相助、急公好義
【反義成語】隔岸觀火、袖手旁觀

| 例句 | 這兩位見義勇為幫助警員捉拿匪徒的年輕人，受到了政府的嘉獎。 |

光明磊落

1

我們就看看誰的球技更厲害！

好！李子洋，我們後天午息時間來比賽吧！

2

後天午息時間

3

原來李子洋昨天病了，今天的元氣應該還未恢復，你們要打敗他簡直易如反掌！

既然這樣，我們今天的比賽取消，下次再賽吧！

4

為什麼？

比賽要堂堂正正才贏得光彩，我才不要佔他的便宜！

好兄弟，你果然是個光明磊落的君子！

5

當然！

我也是個行事光明磊落的人，

我不愛偷偷摸摸。

路過

6

所以特此聲明，我現在便會把你放在抽屜裏的《鬥嘴一班》拿走啊！

黃子祺，你給我站住！

解釋 形容為人心地光明，胸懷坦蕩。

典故 出自《晉書·石勒載記下》。石勒是十六國時期後趙的開國君主，《晉書·石勒載記下》中這樣形容他：「大丈夫處世做事應當坦坦蕩蕩，磊磊落落，好像日月那樣的光明。」後來的人就以「光明磊落」來形容胸襟坦白的人。

【近義成語】光明正大
【反義成語】居心叵測、別有用心

例句 小明作為班長，一向做事光明磊落，不會偷偷摸摸地做壞事。

一 選出適當的字組成成語，在 ☐ 內填上代表答案的英文字母。

1. 大公無 ☐
   A. 思　　B. 師　　C. 私　　D. 事

2. 光明 ☐ 落
   A. 累　　B. 類　　C. 磊　　D. 呂

3. 言而有 ☐
   A. 心　　B. 信　　C. 訊　　D. 行

4. 見 ☐ 勇為
   A. 宜　　B. 易　　C. 疑　　D. 義

二 將以上各題的成語，填在下面段落中適當的橫線上。

　　婆婆鄉下的村莊來了一位新村長，新上任的那天有個孩子掉到河裏了，他剛好路過，立刻 1. ＿＿＿＿＿＿，跳進河裏救了孩子。

　　這位村長在任期間深受村民愛戴，村民都讚他做事 2. ＿＿＿＿＿＿，不會偷偷摸摸。他為人 3. ＿＿＿＿＿＿，答應了別人的事一定會做到。他處理村民之間的糾紛時從來不會偏私，堅守 4. ＿＿＿＿＿＿的原則，令糾紛都得以公平地解決。

第九章

動物天地

守株待兔

1 體育課上

今天每兩人一組，進行一場羽毛球雙打，我會根據你們的表現作評分。
第一組：黃子祺和高立民，第二組：周志明和胡直，第三組……

2

太好了，胡直的運動向來出色，

我只要隨便裝裝樣子也能拿高分呢！

3 考試當天

我們贏了！

胡老師，我們組可以拿多少分？

4

胡直是九十分，你是六十分。

我和胡直同組，為什麼得分會差這麼多啊？

5

我知道你連一球也沒有接過，只是守株待兔地在等胡直替你取得勝利。

我已經盡力了，是胡直球技太好而已！

6

你別以為我不知道，

我一直也是在守株待兔，想讓你自己體會一下懶散的後果！

胡老師，我知錯了，求求你給我一次重考的機會吧！

*想知道更多關於本故事內容，可看《鬥嘴一班9誰是冠軍？》。

解釋 死守在樹樁前等候兔子跑過來撞死。比喻不作努力而想僥幸得到成功。

典故 出自《韓非子·五蠹（粵音「到」）》。宋國有個農民在田間耕作的時候，見到一隻野兔飛奔過來，撞在一個樹樁（粵音「裝」）上倒地死了。他撿了死兔回去吃了，從此放棄了農事，日日守在樹樁旁，想再等有兔子前來送死，因而被別人恥笑。人們就以「守株待兔」諷刺企圖不勞而獲的人。

【近義成語】坐享其成
【反義成語】自強不息

例句 公司遇到了缺乏資金的困難，我們不應該守株待兔，等待別人像以前那樣來投資，要積極想辦法增加收入。

狐假虎威

課外活動時間

你們分成四人一組，經營一間店舖，

由一位同學當店長，然後共同設計一件招牌產品。

既然我是店長，就由我來分工吧！

高立民，你負責構思產品；

江小柔負責繪圖；

文樂心負責剪貼。

那你負責什麼？

我是店長，當然是負責監督你們囉！

麥老師不是說要共同設計的嗎？

你分明就是狐假虎威嘛！

這是麥老師吩咐的，你們不服氣，可以找麥老師算帳啊！

⋯⋯

哼，誰要找我算帳？

⋯⋯

噗！

沒事！

沒事！

怎麼回事了？

你竟然戲弄我！別走！

這次可是真老虎呢！

92

解釋 比喻倚仗比自己強大的一方勢力來嚇唬和欺壓人。

典故 出自《戰國策・楚策一》。老虎要吃掉狐狸，狐狸稱自己是天神派來的百獸之長，若不信，可跟着牠走一圈。老虎跟着牠走，動物們見到老虎都嚇跑了，老虎還以為牠們是懼怕狐狸呢！後來人們便以「狐假虎威」比喻一些倚仗他人的強勢來作惡的人，就像狐狸倚仗老虎的威勢，四處耀武揚威。

【近義成語】狗仗人勢

例句 警長的兒子仗着父親的權勢，狐假虎威，四處橫行霸道。

井底之蛙

1
糟了，快要下雨了，怎麼辦？

2
放心吧，這只是局部地區性驟雨，我們要去的郊野公園現在陽光普照呢！

你怎麼會知道？

天文台的網頁放了各區的實時照片，還會不停更新呢！

哇，原來天文台有這種服務啊？

3
不會吧？小辮子，你連這個也不知道嗎？真是井底之蛙啊！

什麼嘛？我又沒有手機，不知道有什麼稀奇？

4
到達郊野公園

真的陽光普照呢！

不如我們一起玩跳大繩吧！

可是我們沒有繩子啊！

5
你們看，我早有準備！

不是吧？用橡皮筋也能跳繩？

6
你連這個也不知道嗎？這可是我爸媽小時候便已經有的玩意啊！

原來他才是真正的井底之蛙呢！

| 解釋 | 井底下的青蛙只能看到井口那麼大的一片天空。比喻眼界狹窄、見識不廣。 |

| 典故 | 出自《莊子·秋水》。井底的青蛙向從東海來的鱉（粵音「別」）誇口自己在井底生活的樂趣，鱉向牠描繪大海的廣闊無邊，聽得青蛙目瞪口呆。莊子說：「井底之蛙由於居住地的局限，不能和來自大海的鱉談上話。」 |

【近義成語】坐井觀天、孤陋寡聞
【反義成語】見多識廣

| 例句 | 你不要只喜歡看漫畫書，應該廣泛閱讀中外名著，才不至於成為井底之蛙。 |

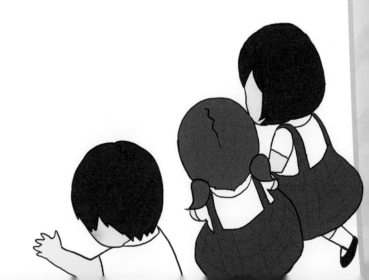

亡羊補牢

1 早上，在教室裏

早晨！

2

一大早你們就這麼用功嗎？

小辮子，待會兒是中文小測啊，你不會不知道吧？

什麼？我完全沒有準備啊！

3

不要緊，午飯後才是中文課，你還有時間亡羊補牢。

太好了！

中文小測進行中

很好，還有時間剩，讓我再檢查一次！

時間到，所有人請停筆。

請填上A、B、C、

Q1 __1__ Q2

Q3 __4__ Q4

5

徐老師，我把A、B、C、D填錯了1、2、3、4！我可以把它們改過來嗎？

很抱歉，測驗時間已經過了，你不能再作任何修改。

小辮子，可不是每件事都能亡羊補牢啊！

嗚

解釋 家中飼養的羊逃跑了，就趕快修補羊圈。比喻有缺點或發生錯誤時及時改正，避免再受損失。

典故 出自《戰國策‧楚策四》。楚國大夫莊辛勸楚襄（粵音「相」）王別只顧與幾個大臣一起享樂，不顧國家大事，如此國家將很危險。楚襄王聽了很不高興，莊辛就去了趙國。不到五個月，秦國果然攻打楚國，形勢危急。楚襄王急忙召回莊辛詢問對策，莊辛說：「看見野兔就喚來獵狗，丟失了羊就補好羊圈，還不算晚啊。」後來的人就以「亡羊補牢」來形容彌補過錯。

【近義成語】見兔顧犬
【反義成語】未雨綢繆

例句 這次的球賽我們雖然失敗了，但是亡羊補牢還來得及，好好吸取教訓，加強練習，準備迎戰下一場。

一 下面的成語都有錯別字，圈出錯別字，在橫線上填上正確的成語。

1. 忘羊保牢 　　_____

2. 守樹代兔 　　_____

3. 井低之娃 　　_____

4. 虎假狐威 　　_____

二 把左右兩排意思相近的成語用線連起來。

亡羊補牢 •　　　　　• 坐井觀天

狐假虎威 •　　　　　• 狗仗人勢

井底之蛙 •　　　　　• 坐享其成

守株待兔 •　　　　　• 見兔顧犬

第十章

助人為樂

成人之美

1　在書店裏

哇！

是最後一本呢，真幸運！

盯——

3

小妹妹，你想要這本書嗎？

是啊，可惜已經賣光了！

4

姐姐最喜歡成人之美了，

我把書讓給你吧！

謝謝姐姐！

5

海詩，原來你最喜歡成人之美啊！

你要幹什麼？

警惕！

你在日本旅遊時，不是買了一套限量版遊戲卡嗎？不如讓給我吧

哼，你想得美

| 解釋 | 幫助別人，成全他人的好事。 |

| 典故 | 出自《論語·顏淵》。在本篇中，幾位弟子問孔子怎樣才是「仁」，孔子還談到怎樣才能算是君子，他說：「君子成全別人的好事，不助長別人的壞處。小人卻相反。」成語「成人之美」由此而來，形容幫助他人，成其好事。 |

【近義成語】助人為樂

| 例句 | 他的集郵簿裏只缺拉丁美洲國家的郵票，我把手頭一枚古巴郵票送給他，成人之美。 |

扶危濟困

1

上學前，在家中

新聞報導：
前日印尼發生的大地震，死傷人數不斷增加，附近地區建築物被破壞，很多人無家可歸……

教室裏

徐老師，我們可不可以為印尼的災民進行募捐活動啊？

難得你有扶危濟困之心，很好。那你打算如何募捐呢？

3

我們可以舉行義賣啊！

好啊，我家裏的文具和書本都多着呢！

好吧，我先跟羅校長商量一下。

一星期後

為印尼災民義賣籌款

5

居然有指上陀螺呢，請問是多少錢？

三十元。

好貴啊，可以便宜一點嗎？

我們是在籌款，當然要多多益善，怎能減價？

求求你嘛，你不是有扶危濟困的心嗎？我只是個清貧學生，請你救濟一下我吧！

行！當你也經歷過一次大地震，大難不死成為災民後，我們必定會救濟你！

解釋 幫助、救濟處境危急、生活困難的人。

典故 出自《水滸傳·第五十五回》。北宋名將彭玘帶領一支軍隊圍剿（粵音「沼」）梁山，結果這一支官兵戰敗，成為了俘虜，被捆綁了帶去見梁山首領宋江。宋江親手為彭玘鬆綁，以禮相待，並敍述了聚集梁山暫時避難的緣由。彭玘說：「一向都聽說將軍你仗義行仁，扶危濟困，想不到果然如此有義氣！」人們就以「扶危濟困」來形容人行俠仗義，幫助有困難的人。

【近義成語】**解囊相助**
【反義成語】**乘人之危**

例句 他當上無國界醫生，在非洲落後地區扶危濟困，向當地人提供醫療服務，又幫助他們解決生活困難。

守望相助

1
各位同學注意，由於校舍有不明氣體洩漏，

請同學立刻停止按動任何電器或電子產品，有秩序地到操場集合。

呀！

在樓梯間
小柔，別怕，有我們在。

3
咳！咳！咳！

快用它掩住口鼻！

各位同學請放心，氣體已散去。

我很欣賞大家在危急的情況下，仍然能守望相助，做得好！

中文科作文課上 **5**
糟了，一個字也寫不出，讓我看看黃子祺寫了什麼！

看什麼！

同學間要守望相助嘛！

對，為了協助你糾正這種不良行為，

身為好同學的我有義務要舉報你！

千萬不要啊！

| 解釋 | 原意是外敵入侵時鄰近村落互相守護和幫助，現也指鄰近居民之間的互通聲氣、互相關心和協助。 |

| 典故 | 出自《孟子‧滕文公上》。滕文公是戰國時期滕國的太子，他出使楚國時經過宋國，兩次去拜訪孟子，請教治國的辦法。孟子教他要實施仁政，以民為本，劃分土地給百姓，這樣大家喪葬遷居都不會離開家鄉，又可以一起耕田，共同進退，守衞防盜互相幫助，誰有疾病都互相照顧，這樣的百姓是很親近和睦的。後來滕文公成為滕國的賢君。成語「守望相助」由此而來，就是指互幫互助的睦鄰關係。 |

【近義成語】同舟共濟
【反義成語】漠不相關

| 例句 | 圍村的居民們生活得像一家人，一家有事，眾人都來幫忙，守望相助，和睦相處。 |

雪中送炭

陸運會 100 米賽跑

嗚呀！

GOAL~

小辮子，你剛才那招是不是伏地投降式啊？

我看你還是不要再參加賽跑了。

我也不想跌倒的嘛！

你們怎麼能取笑別人？

難道你們就沒有失手的時候嗎？

心心，沒關係的，你不用管他們，我知道你已經盡力了！

小柔，當所有人都在嘲笑我的時候，只有你雪中送炭，你真的是我的好朋友啊

心心，我也是你的好朋友，所以我也來雪中送炭囉！

珠珠，謝謝你啊！

她果然是來「送炭」的啊！

解釋 下雪天給人送去烤火取暖用的木炭。比喻在別人急需的時候，及時給予精神上的支持和物質上的幫助。

典故 出自明朝羅洪先的《醒世歌》。當中提到：「人情相見不如初，多少賢良在困途，錦上添花天下有，雪中送炭世間無。」成語「雪中送炭」由此而來，形容在他人落難時送上適切的幫助。

【近義成語】排難解憂
【反義成語】落井下石

例句 地震過後，救援隊迅速帶備大量救災物資趕到災區搶救，對損失慘重的災民來說無疑是雪中送炭。

一 選出適當的字組成成語，在 ☐ 內填上代表答案的英文字母。

1. ☐ 中送炭
   A. 雨　　　B. 雪　　　C. 說　　　D. 雷

2. 扶危 ☐ 困
   A. 濟　　　B. 制　　　C. 祭　　　D. 掣

3. ☐ 人之美
   A. 繩　　　B. 誠　　　C. 乘　　　D. 成

4. 守望 ☐ 助
   A. 相　　　B. 雙　　　C. 商　　　D. 傷

二 將以上各題的成語，填在下面段落中適當的橫線上。

　　這座小鎮的居民團結互助，過着 1.＿＿＿＿＿＿＿＿＿＿＿的和平日子。一家有事發生，全村人都會去幫忙，在人家困難的時候 2.＿＿＿＿＿＿，給予精神上的安慰和物質上的幫助。比較富裕的人家會對貧困戶慷慨解囊、3.＿＿＿＿＿＿；人們都很好心，不會成人之惡，往往願意盡自己的力量 4.＿＿＿＿＿＿。全鎮就像一個和睦的大家庭。

參考答案

第一章

一　1. D　　2. B　　3. C　　4. C

二　1. 一見如故　　2. 同病相憐　　3. 形影不離　　4. 同舟共濟

第二章

一　1. 傾國傾⃝成　　　　　　傾國傾城

　　2. ⃝杉杉有禮　　　　　　彬彬有禮

　　3. ⃝義態萬⃝仟　　　　　儀態萬千

　　4. ⃝鵠立雞⃝裙　　　　　鶴立雞羣

二　1. 傾國傾城　　2. 鶴立雞羣　　3. 彬彬有禮　　4. 儀態萬千

第三章

一　1. C　　2. B　　3. A　　4. B

二　1. 青出於藍　　2. 良師益友　　3. 滿城桃李　　4. 有教無類

第四章

一　1. 相、依　　2. 腸、肚　　3. 歸、箭　　4. 掌、明

二　1. 掌上明珠　　2. 相依為命　　3. 牽腸掛肚　　4. 歸心似箭

第五章

一 1. B　　2. C　　3. B　　4. D

二 1. 懸樑刺股　　2. 專心致志　　3. 手不釋卷　　4. 温故知新

第六章

一 1. 磨券擦掌　　　　　　摩拳擦掌

　 2. 勇往值前　　　　　　勇往直前

　 3. 胸心裝志　　　　　　雄心壯志

　 4. 水摘石串　　　　　　水滴石穿

二 水滴石穿 ●　　　　　● 躍躍欲試

　 雄心壯志 ●　　　　　● 磨杵成針

　 摩拳擦掌 ●　　　　　● 一往無前

　 勇往直前 ●　　　　　● 胸懷大志

第七章

一 1. 名、大　　2. 枯、春　　3. 紅、綠　　4. 萬、山

二 1. 桃紅柳綠　　2. 萬水千山　　3. 名山大川　　4. 枯木逢春

第八章

一 1. C　　2. C　　3. B　　4. D

二 1. 見義勇為　　2. 光明磊落　　3. 言而有信　　4. 大公無私

第九章

一 1. 忘羊保牢　　　　　亡羊補牢

　　2. 守樹代兔　　　　　守株待兔

　　3. 井底之娃　　　　　井底之蛙

　　4. 虎假狐威　　　　　狐假虎威

二　亡羊補牢　●　　　　　● 坐井觀天

　　狐假虎威　●　　　　　● 狗仗人勢

　　井底之蛙　●　　　　　● 坐享其成

　　守株待兔　●　　　　　● 見兔顧犬

第十章

一 1. B　　2. A　　3. D　　4. A

二 1. 守望相助　　2. 雪中送炭　　3. 扶危濟困　　4. 成人之美

鬥嘴一班學習系列

鬥嘴一班學成語

作　　者：卓瑩　宋詒瑞
插　　圖：Alice Ma　Chiki Wong
責任編輯：張可靜　葉楚溶
設計製作：李成宇
出　　版：新雅文化事業有限公司
　　　　　香港英皇道 499 號北角工業大廈 18 樓
　　　　　電話：(852) 2138 7998
　　　　　傳真：(852) 2597 4003
　　　　　網址：http://www.sunya.com.hk
　　　　　電郵：marketing@sunya.com.hk
發　　行：香港聯合書刊物流有限公司
　　　　　香港荃灣德士古道 220-248 號荃灣工業中心 16 樓
　　　　　電話：(852) 2150 2100
　　　　　傳真：(852) 2407 3062
　　　　　電郵：info@suplogistics.com.hk
印　　刷：中華商務彩色印刷有限公司
　　　　　香港新界大埔汀麗路 36 號
版　　次：二〇一七年六月初版
　　　　　二〇二四年九月第十次印刷